獻給我的丈夫——一個天生的回收者，以及盡已所能保護海
洋的孩子們。　　　　　　　　　　　——蜜雪兒·洛德

獻給總是支持我的爸媽。　　　　　　——茉莉亞·布拉特曼

感謝以下專家協助審訂

黃向文（國立臺灣海洋大學海洋事務與資源管理研究所教授／海洋保育署署長）
張正杰（國立臺灣海洋大學教育研究所暨師資培育中心教授／臺灣海洋教育中心主任）

精選圖畫書
我們製造的垃圾

文／蜜雪兒·洛德　圖／茉莉亞·布拉特曼　翻譯／褚士瑩

總編輯：鄭如瑤｜主編：詹嬿馨｜美術編輯：王子昕｜行銷經理：塗幸儀
出版：小熊出版／遠足文化事業股份有限公司
發行：遠足文化事業股份有限公司（讀書共和國出版集團）
地址：231 新北市新店區民權路 108-3 號 6 樓
電話：02-22181417｜傳真：02-86672166
劃撥帳號：19504465｜戶名：遠足文化事業股份有限公司
Facebook：小熊出版｜E-mail：littlebear@bookrep.com.tw

讀書共和國出版集團網路書店：http://www.bookrep.com.tw
客服專線：0800-221029｜客服信箱：service@bookrep.com.tw
團體訂購請洽業務部：02-22181417 分機 1124
法律顧問：華洋法律事務所／蘇文生律師
印製：凱林彩印股份有限公司
初版一刷：2020 年 4 月｜初版二刷：2020 年 4 月｜初版十五刷：2024 年 7 月
定價：320 元｜ISBN：978-986-5503-35-2
書號：0BTP1092

小熊出版讀者回函　　小熊出版官方網頁

我們製造的垃圾

文／蜜雪兒·洛德　　圖／茉莉亞·布拉特曼　　翻譯／褚士瑩

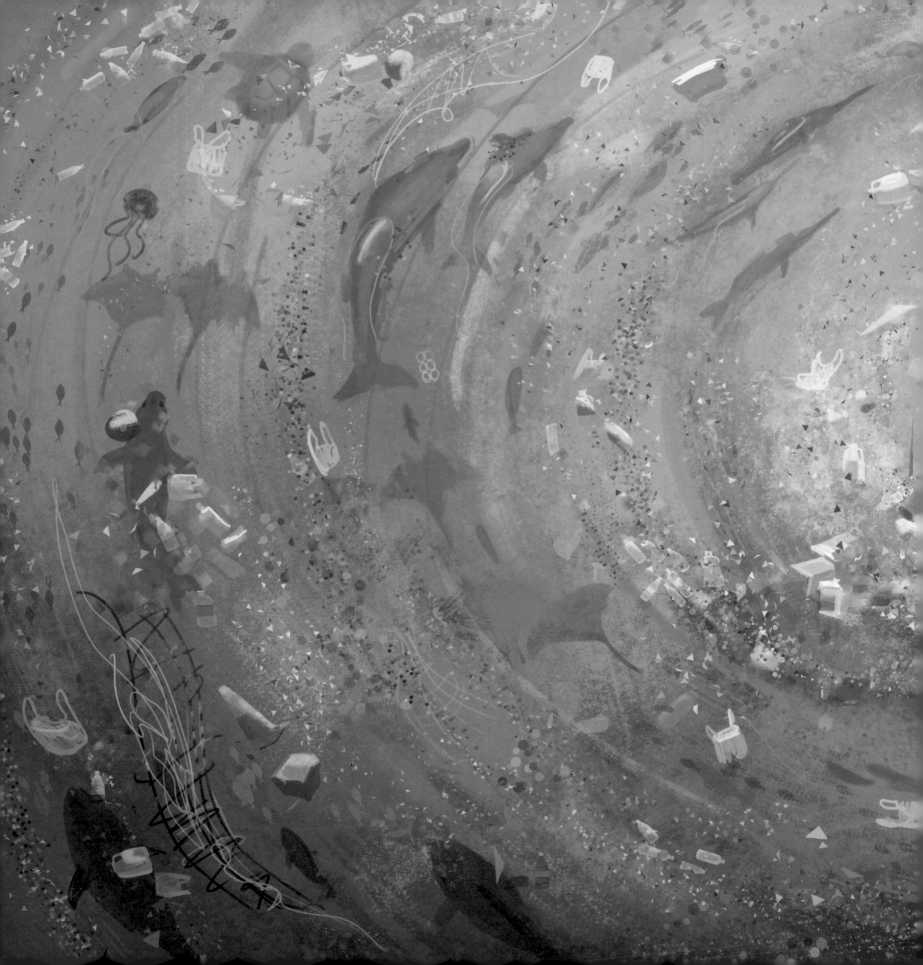

這是我們的海洋。

這些是在我們的海洋中
游泳的魚。

這是海豹，
牠吃了在我們的海洋中游泳的魚。

這是漁網，它網住了海豹，
而海豹吃了在我們的海洋中游泳的魚。

這是鐵鑄的漁船，
　漁船撒下漁網網住了海豹，
　　而海豹吃了在我們的海洋中游泳的魚。

這是通過海灣的洋流，
它讓鐵鑄的漁船搖搖晃晃。
漁船撒下漁網網住了海豹，
而海豹吃了在我們的海洋中游泳的魚。

這是有灰綠紋路的海龜，
牠正順著洋流通過海灣。

洋流讓鐵鑄的漁船搖搖晃晃，
漁船撒下漁網網住了海豹，
而海豹吃了在我們的海洋中游泳的魚。

這是被我們丟棄的塑膠垃圾，
它們纏住了順著洋流通過海灣的海龜。

洋流讓鐵鑄的漁船搖搖晃晃，
漁船撒下漁網網住了海豹，
而海豹吃了在我們的海洋中游泳的魚。

這是每天都在增加垃圾的掩埋場，
被我們丟棄的塑膠垃圾從這裡流入海中，
纏住了順著洋流通過海灣的海龜。

洋流讓鐵鑄的漁船搖搖晃晃，
漁船撒下漁網網住了海豹，
而海豹吃了在我們的海洋中游泳的魚。

我們是忙著工作和玩樂的人類，
每天都在增加掩埋場的垃圾，
被我們丟棄的塑膠垃圾從這裡流入海中，
纏住了順著洋流通過海灣的海龜。
洋流讓鐵鑄的漁船搖搖晃晃，
漁船撒下漁網網住了海豹，
而海豹吃了在我們的海洋中游泳的魚。

看看這個被我們弄得一團糟的海洋吧！

可是……我們也是可以改變這一切的人！
減少我們在生活中製造的垃圾量，
並做好塑膠製品的回收工作。

努力把垃圾掩埋場變得越來越小。

我們還可以幫助受困的海龜，

並清理海洋中的垃圾。

我們要去向鐵鑄的漁船請願，
請他們收拾好漁網，
拯救以吃魚為生的海豹……

這樣海豹就可以重回美麗的海洋裡游泳了！

這是我們的海洋。

海洋保育研究員查爾斯・莫爾（Charles Moore）在1997年發現，太平洋中有東、西兩團巨大、而且越變越大的垃圾帶，形成太平洋垃圾帶。西部的垃圾帶靠近日本，東部的垃圾帶在夏威夷和加州之間（請參閱後蝴蝶頁的地圖）。在2018年，估計光是東部的垃圾帶就超過了43,000輛車子的重量，而且比美國德州的面積還要大兩倍，也是法國面積的三倍。

幾乎所有太平洋垃圾帶的垃圾都是塑膠，為什麼會有這麼多塑膠呢？因為塑膠不像木頭或植物會自然分解，只會被陽光和海浪很慢很慢的分解成越來越小的碎片。

這些是魚……這是海豹……

科學家將塑膠以大小來分類。小於5公釐的叫做微塑膠，俗稱塑膠微粒。海洋中的塑膠微粒，多到要以兆為單位來計算，這些塑膠微粒讓垃圾帶的海水看起來像塑膠濃湯。

魚和其他海洋生物會把塑膠微粒吃進肚子裡。當更大的海洋動物，像是海豹吃這些魚的時候，塑膠微粒就會隨著生物鏈往上走。當我們人類吃這些魚或貝類時，這些化學成分就進入我們的身體。

大多數的海洋垃圾是由比較大的塑膠組成，他們分別被叫做中型塑膠、大型塑膠，以及巨大塑膠，主要由食物包裝、瓶罐、瓶蓋，還有捕魚工具像是塑膠水桶、塑膠繩和塑膠漁網組成。

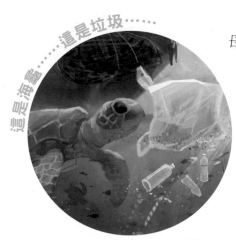

這是海龜……這是垃圾……

海龜最喜愛的食物就是水母。但是在海水裡漂流的塑膠袋，看起來超像水母！當海龜吃下了塑膠袋，牠們的消化系統就會堵塞，嚴重的話可能會喪命。有一個2015年做的研究發現高達52%的海龜及90%的海鳥肚子裡有塑膠。

當小海龜被包裝易開罐的塑膠環纏住的時候，牠們的殼就會因被妨礙生長而變形，肺部也無法正常發揮功能，於是可能會死掉。當海鳥被塑膠環套著的時候，牠們可能飛不起來，如果牠們不能飛，就無法覓食，還會被攻擊。

這是垃圾掩埋場……

垃圾掩埋場是怎麼形成的呢？我們把垃圾丟到垃圾桶裡，然後垃圾車會來載走，倒在垃圾掩埋場。因為大多數被我們使用的塑膠都沒有回收，在美國塑膠和保麗龍幾乎占了全部垃圾場30%的總量。

然而暴風雨可能會把垃圾從露天掩埋場吹進或沖進海洋，雨水也會把垃圾從人行道或街頭沖入下水道或河流裡，就有可能會被帶進海洋。基本上，被丟進垃圾掩埋場的塑膠有10%會進到海洋裡。如果情況繼續像現在一樣的話，到了2050年之前，所有海洋裡的塑膠總重量，就會超過所有海洋裡的魚類總重量！

 自行攜帶可以重複使用的環保購物袋去購物，不要使用一次性的塑膠袋。任何可能纏住海洋生物的塑膠環丟棄前都先剪開。

 別亂丟垃圾，垃圾一定要丟在該丟的垃圾箱或回收桶。

行動呼籲

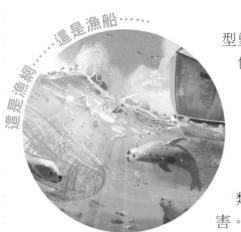

這是漁網……這是漁船……

漁網在海洋垃圾帶占了大型塑膠廢棄物一半以上，被稱作「幽靈漁網」。這些都是漁船不小心流失或是故意扔進海裡的漁網。讓人難過的是，幽靈漁網繼續漂流在海洋當中，對魚類、海龜、海豹和其他海洋哺乳類動物，甚至珊瑚，造成危害。

貨輪是海洋垃圾的另一個來源。每年都有超過1,500個貨櫃因為氣候不佳而掉落到海裡，1997年時，有一個載滿樂高積木的貨櫃被沖進大西洋裡，結果幾十年來，不斷有樂高積木被沖到英國、愛爾蘭、澳洲和美國德州。

樂高積木是怎麼跑那麼遠的？它們是被洋流帶走的。

這是洋流……

洋流就是海洋在水裡的移動。當不同的洋流交會時，它們就會形成巨大的漩渦現象，稱為海洋環流，把大多數的海洋垃圾捲入。世界上有五個主要的海洋環流，形成巨大的海洋垃圾帶（請參閱後蝴蝶頁的地圖）。

從北美洲西岸來的垃圾，可能要花六年才會被聚集在太平洋垃圾帶裡，來自亞洲東岸的垃圾則大約是一年後會進入這個海洋垃圾帶。

根據「海洋潔淨基金會（The Ocean Cleanup）」這個組織在2015年的研究，海洋垃圾帶裡最老的垃圾有1977年的，也就是說這些垃圾在海裡已經漂流了將近40年！

我們是人類……

你知不知道全世界的人平均每分鐘買一百萬個塑膠瓶，而且每天用掉超過五億根塑膠吸管？光是2016年，美國人就扔掉了250億個保麗龍杯！

每年全世界有800萬公噸的塑膠垃圾進入了我們的海洋，包括大量的一次性使用的塑膠袋、免洗餐具，還有食物包裝材料，加上估計原有的1.5億公噸已經在汙染海洋生態環境的塑膠垃圾。

看看我們弄得有多糟……

沒有人確實知道在太平洋垃圾帶裡到底有多少垃圾，因為實在多到無法測量，而且比較重的垃圾會沉到水下幾英寸甚至幾碼的海裡。海洋攝影師最近發現大約有70％的海洋垃圾會沉到海底，垃圾帶底下的海床上，可能是一座海底垃圾山。

這些我們用過的東西到底要多久才會分解呢？毛料的襪子：1～5年。電池：100年。紙尿褲：400年。塑膠瓶：450年。牙刷：500年。釣魚線：600年，最後是塑膠袋：可能要1,000年。

使用可以回收或多次使用的吸管，或是拿杯子直接就口喝水，如果必須使用免洗餐具、免洗杯盤，盡量找可以自然分解的材質製造，像是紙、竹纖維或植物纖維。

用可以重複使用的水壺喝水。

海洋汙染和行動呼籲

我們是可以改變現況的人類……

減少使用免洗塑膠用品是避免海洋垃圾帶繼續變大最好的方法之一。我們能怎麼做呢？減量！重複使用！回收！減少購買東西的量，尤其是塑膠製品，然後反覆使用本來就有的東西，就會減少垃圾。適當的回收也會讓比較少的垃圾進到垃圾掩埋場，那麼進到海裡的垃圾也會變少。

🐢 **減量**可以從在家種蔬菜開始，在家裡種食物，就會減少需要包裝食物的一次性材料。可以買二手衣，不用買新衣。在不使用保麗龍裝食物的餐廳消費，或是自己帶便當盒去餐廳裝吃剩的食物。**重複使用**或找到其他用途，比如可以用牛奶罐裝水澆花，不用另外買澆水壺。**回收**紙類、玻璃、金屬和塑膠，而已經太小穿不下的衣服可以用捐贈的方式回收。

讓垃圾掩埋場變小……

在全世界已經有一些垃圾掩埋場變成再生地，成為公園或是自然保留區。在美國維吉尼亞州，工人把壓緊的垃圾埋在乾淨的土壤下，創造了一座「垃圾山公園（Mount Trashmore Park）」。在以色列特拉維夫附近，原本一座垃圾山變身成為艾瑞‧雪倫公園（Ariel Sharon Park）。而香港的一個垃圾場，也變成了晒草灣遊樂場。在臺灣則有福德坑環保復育公園和山水綠生態公園等。

🐢 你可以在你住的地方當志工，協助清理海灘、溪流、湖泊和社區的垃圾，跟班上同學或家人去參訪回收中心，親眼看看我們使用的塑膠最後去了哪裡。甚至只是一個小動作，像是自己攜帶午餐盒或重複使用餐具，而不要用塑膠袋就可以帶來改變。

拯救……清理……請願……

太平洋垃圾帶離每個國家的海岸線很遠，所以沒有任何一個國家會主動負責，或是花錢去清理它。然而有些充滿創意的人、組織，還有公司，正在想辦法清除海洋裡的垃圾，防止塑膠進到海洋，以及改進回收方法，甚至發明可分解的材料來替代塑膠。

🐢 為改變而戰──不用拳頭而是用語言。和你的家人、朋友、班上同學加入相關議題的請願。從一開始就停止使用塑膠！寫信給企業，要求他們停止使用一次性的塑膠包裝或製造一次性的塑膠用品。要求政治人物通過法案，限制或停止製造不能回收或只能使用一次的塑膠用品。立法禁止丟棄幽靈漁網，並且協助清理我們的海洋。

優游在我們拯救的海洋！

我們的海洋提供人類食物、氧氣、再生能源、工作機會，以及娛樂。海洋還能吸收二氧化碳，幫助調節氣候，還有水的循環會影響天氣和飲用水。

就算我們沒住在海邊，海洋也是地球生命重要的一部分。我們盡己所能維護海洋健康是很重要的！每一個人都可以帶來改變，拯救我們的海洋。

🐢 教育你自己，盡量學習相關知識。閱讀關於太平洋垃圾帶、海洋汙染相關書籍和文章，也可連結網站（例如臺灣環境資訊協會、海洋台灣文教基金會、海洋保育署、臺灣海洋教育中心、海洋公民基金會、島人海洋文化工作室、財團法人綠色和平基金會等）了解那些正在努力清理海洋的相關組織。

文 **蜜雪兒‧洛德**（Michelle Lord）

　　她出生於美國內華達州卡森市，現在與家人住在德州。身為家中長女的蜜雪兒，從小就喜歡問「為什麼？」，雖然常常造成家人的困擾，但也因此引起她對知識的渴望，啟發她日後對閱讀、研究和寫作的熱情。

　　經典童書《青蛙和蟾蜍》、《亞歷糟糕到不行的一天》和《羅雷司》是她小時候最喜愛的書籍，對她之後的人生與創作產生了很大的影響。

　　她創作了不少童書，其中《動物學校：你是哪一類？》獲得了美國科克斯星號書評；《柬埔寨之歌》則是國際學校圖書館員協會（SSLI）圖書獎榮譽選書。

圖 **茱莉亞‧布拉特曼**（Julia Blattman）

　　她出生與成長在美國加州的海灣地區，現住在洛杉磯擔任動畫電影視覺開發設計師。

　　她曾在美國加州的電影製片廠派拉蒙影業公司和華特迪士尼公司的消費品和互動媒體部門工作，也曾在夢工廠電視節目製作公司從事接案工作。此外，她也為書籍封面和兒童讀物繪製插畫，而《我們製造的垃圾》是她第一本圖畫書作品。

翻譯 **褚士瑩**

　　一個從小就喜歡到世界盡頭去旅行的國際 NGO 工作者，畢業於美國大學開羅分校新聞系和哈佛大學甘迺迪政府學院。

　　目前著重於串聯在地與國際團隊，一起關心兒童與成人的思考教育，並訓練 NGO 領域的專業工作者。移工、新移民、原民部落、環境保育、社區營造、小農與永續農業、自閉症成人，以及失智症病人與家屬的支持等，都是他持續關注的議題。

　　作品有《在西拉雅呼喊全世界》、《我為什麼去法國上哲學課？》、《誰說我不夠好？》等五十餘冊。這本《我們製造的垃圾》是他第一次嘗試為童書翻譯，希望藉此提高大家對兒童及環境教育的關注。

海洋垃圾帶

五個主要海洋環流將垃圾捲入並聚集，
形成巨大的海洋垃圾帶。

北極海

亞洲

北太平洋環流

東部垃圾帶

西部垃圾帶

太平洋垃圾帶

印度洋

印度洋環流

太平洋

澳洲